내가
안 했어요

내가 안 했어요 1

민형 글 _ 김준석 그림

흐흐흑…

아흐흐흐흑…

흑흑… 흑…

…

…요. 했어요…

…저 …는…

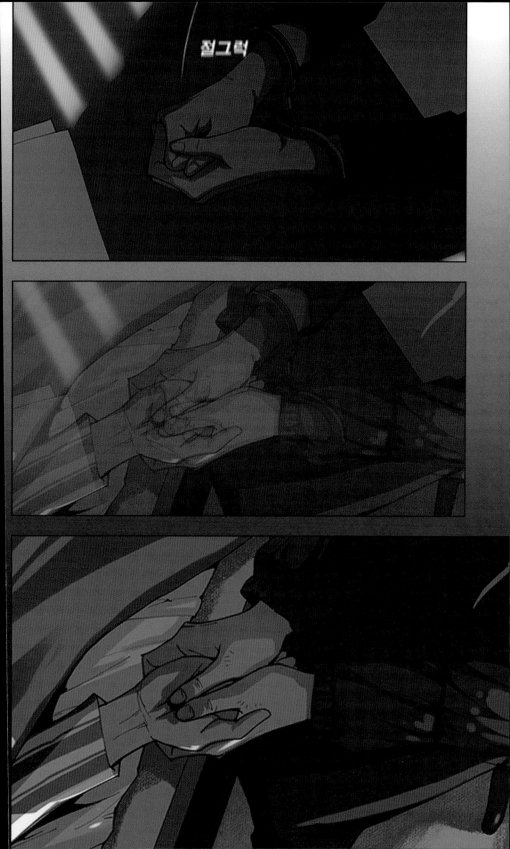

박성진
돈 급한 거면 아르바이트 소개해줄까?
대기업 주관 단기 아르바이트
하루 30만원씩 일주일간

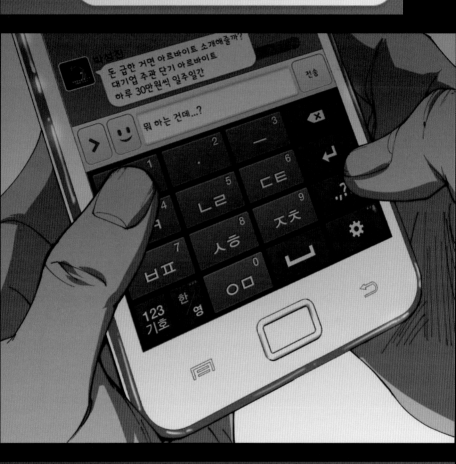

 박성진
간단한 요리와 리뷰

11

탕탕탕

후릅~

스극

스극

스극

그런 건지…

정신을 차렸을 땐…

왜앵~

이미 그렇게 돼 있었어요.

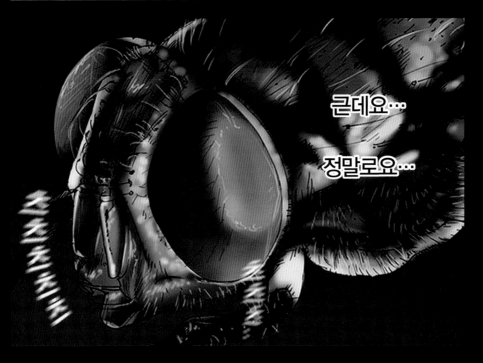

근데요…

정말로요…

내가… 안 했다구요…

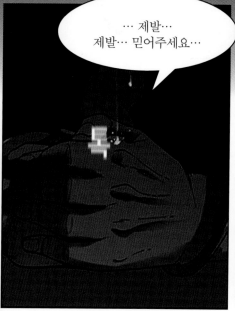

… 제발…
제발… 믿어주세요…

그… 그건…요.
크흑… 내가… 내가…

FILE.01

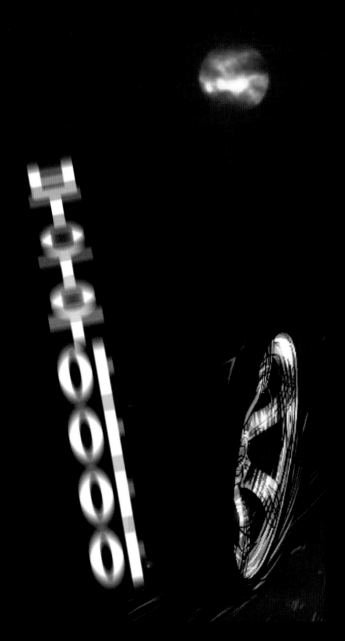

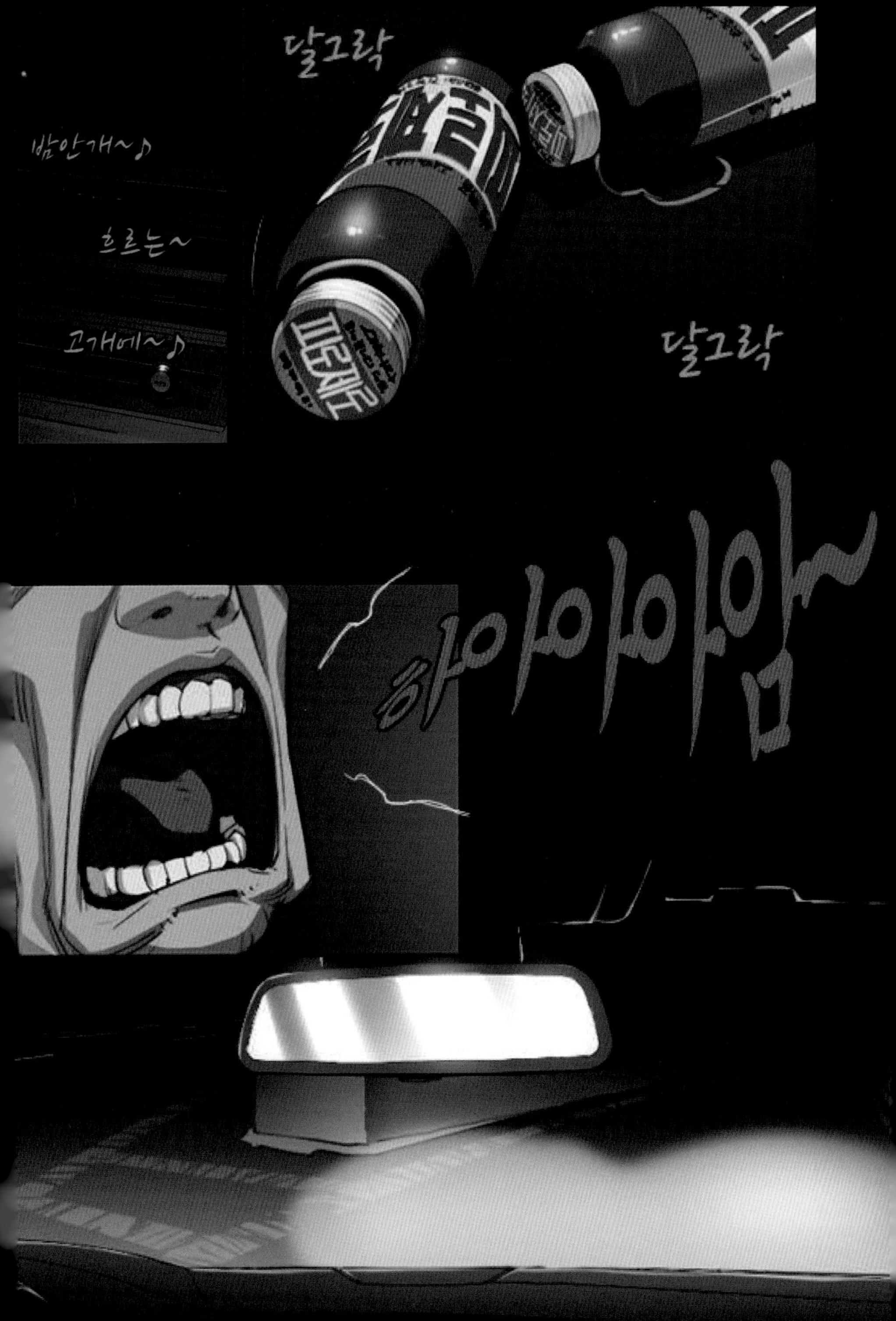
달그락
밤안개~♪
흐르는~
고개에~♪
달그락
하아아야압~

이에 특정범죄가중처벌법
제5조에 의거

피고인 박을현을
뺑소니 혐의로 기소한다.

검찰 측에서 제출한
CCTV 영상은

사고 현장의 극히 제한적인
부분만을 보여주고 있기 때문에

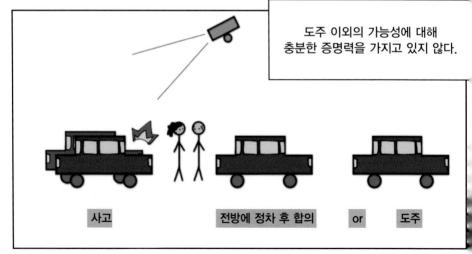

도주 이외의 가능성에 대해
충분한 증명력을 가지고 있지 않다.

사고 　　　　　전방에 정차 후 합의　　or　　도주

그러니까… 그게…
2월 14일에서
15일로 넘어가는 밤.

터억

12시 30분쯤
이었을 거요.

쿵쾅♪

♪~

쿵저작

쿵저작

2월 15일
00:30

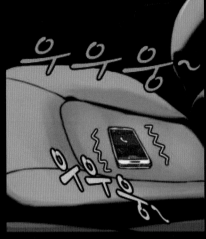
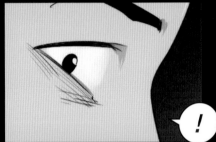

아, 거 자식,
운전 끝나고
전화할 것이지
왜 꼭…

증인,
사고 직후 40분 동안
무엇을 했죠?

한쪽 라이트 깨지고
연기도 나길래 이곳저곳
살펴봤수다.

합의 같은 건
없었다는 말이군요?

아하~ 그래서 쏜살같이 도망간 차량을 단번에 알아보셨던 거로군요?

그…

그야… 뭐 그렇긴 한데…

흐음…

그렇군요.

그런데 혹시 CCTV가
한 대 더 있었다는 건
아시나요?

뭐… 뭐?! 무슨 소리야?!
내가 경찰서에서
다 확인해봤는데?!

아아, 그거 말고,

지이잉—

사고 현장에서
좀 떨어진 곳에 있는 걸
말하는 겁니다.

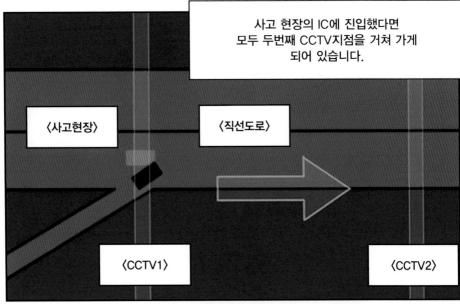

사고 현장의 IC에 진입했다면
모두 두번째 CCTV지점을 거쳐 가게
되어 있습니다.

〈사고현장〉

〈직선도로〉

〈CCTV1〉

〈CCTV2〉

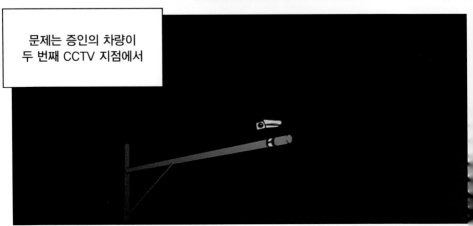

문제는 증인의 차량이
두 번째 CCTV 지점에서

사건 발생 1시간 반 뒤에
통과하는 모습이 찍혔다는 겁니다.

CCTV 1

CCTV 2

사고현장

직선도로

차량 점검
40분

그게 어쨌다는 거죠?
이동 시간과 점검 시간을 포함하면
딱 그 정도 걸리는데요?

아뇨, 제 말은…

어째서 증인이 뺑소니 차량보다 먼저 거기를 지나갔느냔 겁니다!!

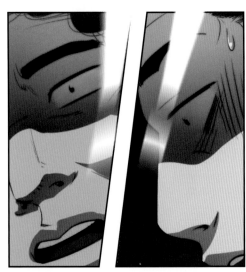

조금 전 증인 스스로가
피고인 차량을 못 보고
지나칠 수 없다는 걸
증명했습니다.

그렇다면 40분 동안은
무조건 피고인과
같이 있었다는 말인데…

혹시… 증인이야말로…
뺑소니가 뭔지
잘 모르시는 것, 아닙니까?

아무튼 고맙구면. 내 수임료는 오늘 중으로 보내드리겠소.

열심히 일한 보람이 느껴지는 순간이네요.

정말 고생 많으셨습니다.

저는 기다리고 있는 사람이 있어서 먼저 가보겠습니다.

그려, 그려. 담에 일 있으면 또 연락하겠네.

네, 그럼.

아, 그리고…

엄칫

술은 적당히
드시구요.

마지막에 그 사람 벙찐 표정 봤어요? 완~전 통쾌했어요!

진짜 그때만큼은 선배가 멋있어 보이기까지 했다니까요.

언젠 안 멋있었나? 뭘 새삼스럽게…

뚜벅

엄밀히 따지면 안 멋있을 때가 훨씬 많죠.

뭐? 격하게 이의 있음.

그런데 보통 이럴 때는 명함 주고 보험 처리하지 않나요? 원장님은 왜…

남이사… 결과적으로 일이 생긴 거니 잘된 거지 뭐.

47

악마.

너나 나나.

텅-

부르르릉

어디 보자,
의뢰인이…

7시까지 사무실로
찾아오신다고 했지?

네, 맞아요!
7시 김상영 씨.

그럼 난 사무실로 먼저 가볼 테니 마무리 좀 부탁할게.

넵~ 걱정마세요.

덜렁대지 좀 말고.

아… 그 얘긴 이제 그만 좀 해주시면 안 될까요…

안 돼.

쳇.

아, 맞다! 그러고 보니 말씀드릴 게 있었는데…

…

오늘 아침에
서창교도소에서 전화가
한 통 왔었어요.

당연히
변호 의뢰이긴 한데요…

구의동 연쇄살인 사건 아시죠?

FILE.02

아, 맞습니까…?

하하~ 그렇게 걱정하시지 않아도 될 것 같습니다.

안심하시고 또 무슨 일이 생기면 이쪽으로 연락 주세요.

변호사 강수호 법률사무소

고맙습니다, 강수호 변호사님. 덕분에 맘이 좀 놓이네요.

덜컥

아, 거 사람 참… 근심 덩어리일세.

했던 말 하고 또 하고, 또 하고…

괜찮다고 몇번을 말해.

째깍

째깍

하아…
시간만 날렸잖아?

풀썩—

아…

졸라 배고프네…

대단해~ 정말로.

하긴, 그런 짓까지
한 사람이 저 정도
쯤이야…

다음은 최근 세상을 떠들썩하게 만든
구의동 연쇄살인마 소식인데요.

!

이해민 기자가
보도합니다.

지난 18일에 발생한
구의동 살인 사건의 피의자 심모 씨.

그에 대한 첫 공판이 오는 13일
서울동부지법에서 열립니다.

검찰 측 관계자의 설명입니다.

이미 흉기를 비롯한 모든 증거물에서 피의자 지문이 확보된 상태이며…

검찰은 추가 희생자가 있는지…

구의동 연쇄살인 사건…

아시죠?

하긴, 그런 짓까지
한 사람이 저 정도쯤이야…

헐, 나한테? 왜 그런 거래?
난 남자한테 관심 없는데?

글쎄요…
교도관에게서 전화 왔던 건데,
별다른 메시지는 없었어요…

그런데
이 연쇄살인범 말예요.
좀 이상한 게…

지금까지 찾아온
어느 변호사도 선임하지 않고
모두 거절하고서는…

어제저녁이 되어서야 갑자기
선배를 찾았다고 하더라고요.

강수호 변호사를
불러주세요!!

이상하지 않아요?!
혹시 그동안 숨겨놓았던
시크릿 가이가 선배를
애타게 찾는 건…

남자 관심 없다니까!!

그리고 날 아는 사람이
재판 코앞에 두고 연락하겠냐?

그런 족속들은 나 아는 게
벼슬이라도 되는 마냥 붙잡히자마자
난리부터 치고 본다고

이거 안 놔?
강수호 변호사
불러와!

아, 그런가?

구의동 연쇄 살인범 14일 첫 재판.

삐빅

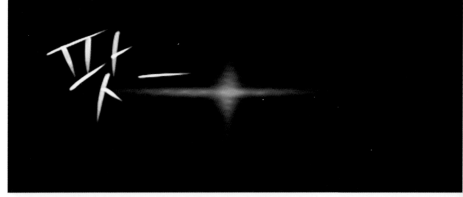

팟—

우우우우우우웅

똑 똑 똑

정명입니다.

… 들어오게.

철컥

실례하겠습니다.

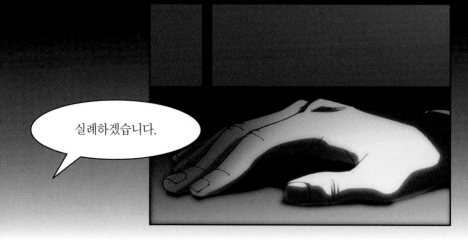

이전에 지시하셨던
구의동 살인 사건 수사결과입니다.

… 어땠나?

살해 동기 및 흉기, 피의자의
알리바이를 다각도로 검토해봤지만…

공범 등의 새로운 가능성은
찾을 수 없었습니다.

심형석의 단독 범행이
확실합니다.

69

… 정 검사.

남자는 말이야.

자신의 확신에 책임질 줄
알아야 한다고 생각하네만…

기대하겠네…

선배! 그런 말이 어디 있어요!!

변호 의뢰받은 거라면
가서 이야기는
한번 들어봐야죠.

피의자가 살인을 저지른
중범죄자건 아니건 간에

그게 변호사 아닌가요?

모두가 외면하는 순간에
손을 내밀어주는 사람.

맞아, 그러라고 있는 게
바로 국선 변호사지.

승소율 0%에 돈도 안 되는,

거기다 잘해도 욕만 잔뜩 처먹게 될 연쇄살인범의 변호?

장난해?

이건 그냥
시간 낭비야.

쿠
당
탕
탕

변호사는 말이야.

시간이 돈이라구!

끽 끽

울컥

...

나 참… 내가 무슨 거지 같은 생각을 하고 있는 거지?

흔해빠진 이름이잖아?

어디서 지나가면서 한번 봤었겠지.

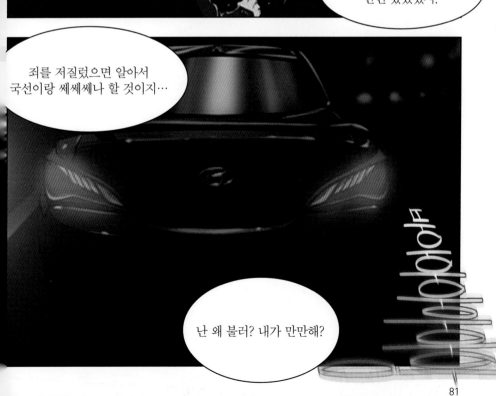

죄를 저질렀으면 알아서 국선이랑 쎄쎄쎄나 할 것이지…

난 왜 불러? 내가 만만해?

FILE.03

철컥

스윽

뚜벅

뚜벅

뚜벅

뚜벅

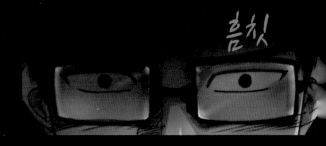

잘못 들었…

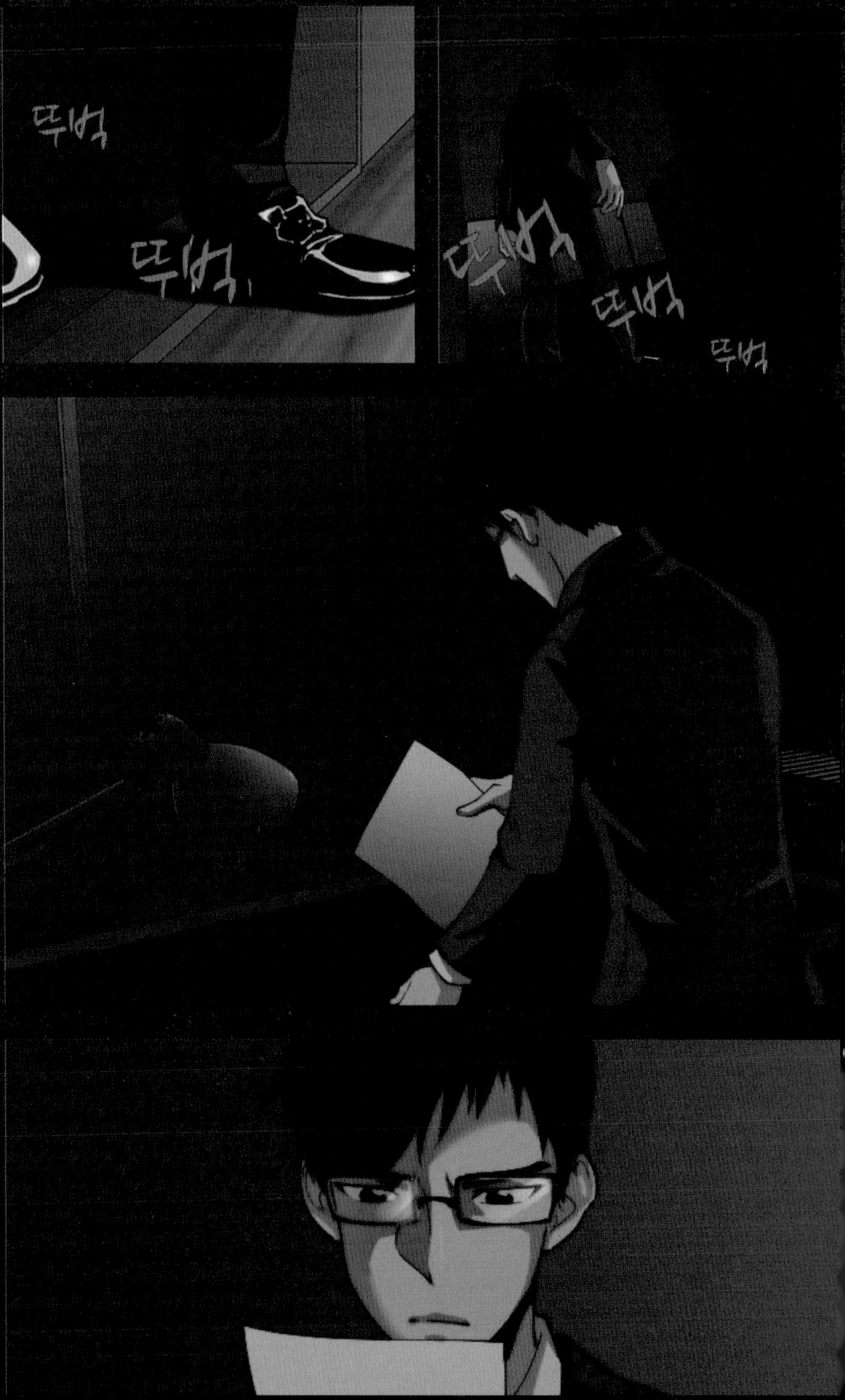
뚜벅
뚜벅
뚜벅
뚜벅
뚜벅

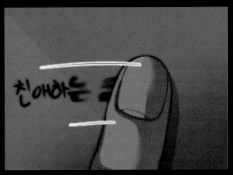

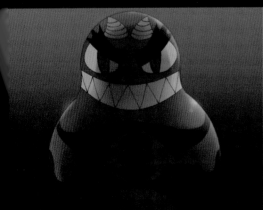

러시안인형?

악마…

빠각

그리고 천사?

응?

뭐… 뭐야?!

띵 그 렁~

끼긱

끼긱

끼긱

뭐… 뭐야…!!
왜?!

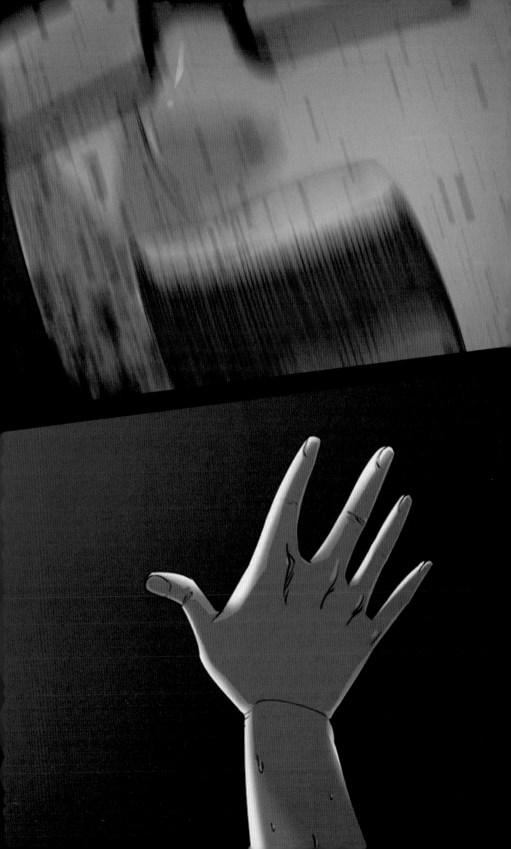

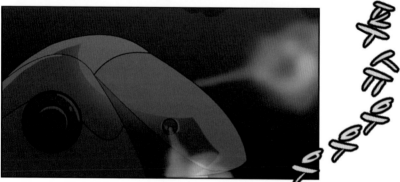

째깍

째깍

째깍

째깍

째깍

꺾어

깍

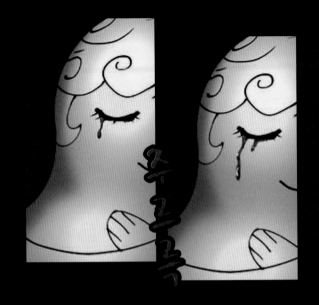

틱

젠장!!

타악

존나 신경 쓰이네!!

그래… 좋아,
네가 이겼어.

거지 같은 네녀석 덕분에
2년 동안 잠잠했던 악몽을
다시 꾸게 됐으니까.

하지만 착각하지 마, 인마.
나, 여기 너 변호해주겠다고
온 거 아냐, 알겠냐?

도대체 어떻게 생겨먹은 놈이
이렇게 내 기분을 엿같이 만드는지

그 이유나 좀
듣자고 온 거거든.

사람 죽이고
나 같은 사람 부르려면

몇천만 원은 준비해놔야
예의라는 걸 말해주러
왔다고.

알아들었냐, 인마?

젠장! 근데 이 새끼는
왜 이렇게 안…!

철컹

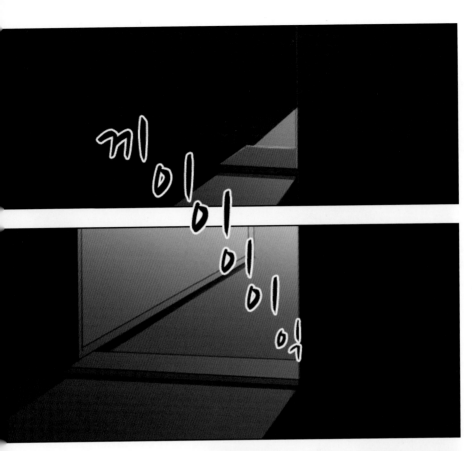

끼
이
이
이
이
익

저벽
저벽

저벽

… 심형석 씨?

FILE.04

크흐… 하으…

…

그… 그때가…

한 달… 전쯤…

군대 전역하고 복학까지는
조금 시간이 있어서…

절그럭

식당 아르바이트를
하던 때였어요…

사장님!!
그럼 먼저 들어가보겠습니다~

어이~ 수고했다.
조심히 들어가라.

여보세요? 엄마~
아깐 일하는 중이라 못 받았어.

지금 막 일 끝나고
가는 중이…

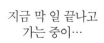

서… 선생님…

그럼 수술비는
어느 정도…?

크흑

흑

삐─

슈우욱─

드르륵

지금 상태로 봐선

뒤적

뒤적

척

위리

적어도…

털

제발… 제발…
답 좀 줘라…

📶 11:17

💬 성진 ⋮

7:12 성진아 오랜만 잘 지내냐?

성진
오 ㅅㅂ 7:26

성진
전역했나보네? 7: 26

성진
오랜만이다 7:26

7:28 ㅇㅇ 얼마 전에 전역했어..

야 그런데 내가 지금 급해서
그런데 혹시 200만원
정도만 빌려줄 수 있냐..?
너 예전에 빌려갔던 것도
1 7:35 있고..

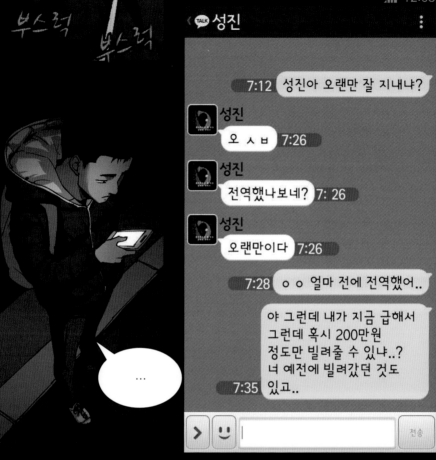

터벅

터벅

터벅

터벅

터벅

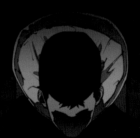

터벅

춥다.

크흐흑 흐흐흑

띡

박성진

돈 급한 거면 아르바이트 소개해줄까?
대기업 주관 단기 아르바이트
하루 30만원씩 일주일간

뭐… 뭐 뭐?
하루에 30?

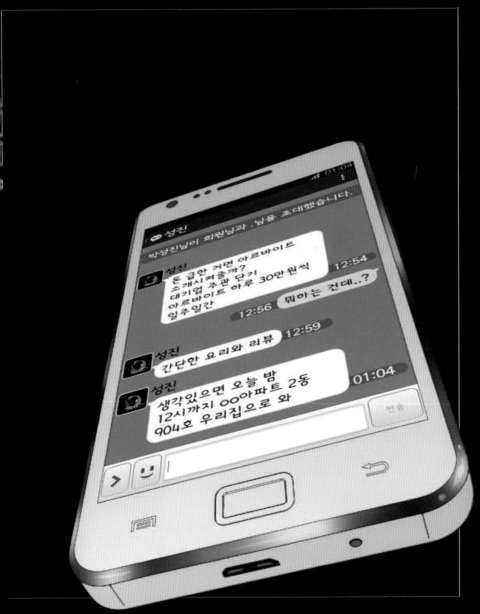

FILE.05

성진 군이 급한 일이 생겼다며
이번 일을 형석 군에게 넘긴 거지만

처음 지원했을 때 이미 자택 임대를
끼고 계약했었던지라,

자택 사용 허가에 대한
동의도 이미 구해놨습니다.

그러니까 그런 부분에 대해선
걱정하지 않으셔도 됩니다.

아… 네…

141

굼척

저… 저기 그런…

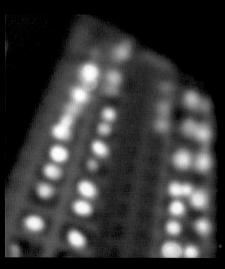

그… 급여는 어떻게…?

생동성ㅇ

검색 상세

생동성알바

생동성알바 후기

생동성알바 여자

생동성알바 급여

생동성알바흡연

생동성알바 광주

생동성에 의한 관념의 구분

생동성에 의한 구분

생동성에 의한 인상의 구분

생동성에 의한 지각의 구별

타라라라락—

탁

블로그

생동성 실험 알바 2013.09.28

그렇기 때문에, 내가 타인에게 생동성 실험 알바를 해라, 하지 말아라 그 어떤 조언도 줄 수는 없는 입
은 실험을 할 계획이 있는 사람에게만 이왕 할 거면 제대로 알고 하길 바라는...
blog.naver.com/rarenay/140197946011　MISSOQRIM　블로그 내 검색

생동성 알바 후기 2013.10.21

알바흡연에서 진행하는 ㅇㅇ생동성 알바는 흔히 말하는 마루타(임상실험)과 다른
당 질병을 가진 사람들을 대상으로 ㅇㅇ의 ㅇㅇ을 확인하는 것이지만 생동성은...
minboy.tistory.com/18　minboy 내 ㅇㅇ 블로그 내 검색

딸각

생동성 알바 - 7 2013.10.23

오늘은 생동성 알바의 진정한 마지막 포스팅이 되겠군요! 그 이유는 바로! 오늘 알바비가 입금 되었
첫날 이런저런 동의서에 사인을 할때 받았던 문서의 일부 사진을 먼저...
blog.naver.com/dkafkfw.kh/110178299212　dkafkfw.kh님의블로그　블로그 내 검색

생동성 알바 경험 2012.09.22

생동성 알바는 경쟁이 많이 치열하다. 공고가 올라오자마자 바로 신청을 해야 할 수 있는 알바다. 이
다. 신체검사를 받아서 적합한지 본다. 너무 뚱뚱하거나 너무 왜소하거나 질병이...
blog.daum.net/slalejdnj/8　소망이　블로그 내 검색

생동성 알바 급여는 얼마?? 2013.08.02

알아보겠습니다 생동성알바 급여 는~? 이 아르바이트는 조금 생소할 수도 있어요 그만큼 대중화가 된

드르륵

드르륵

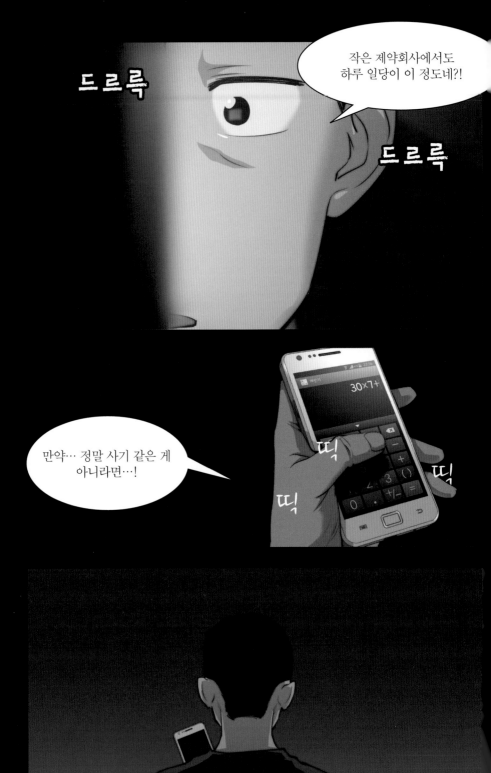

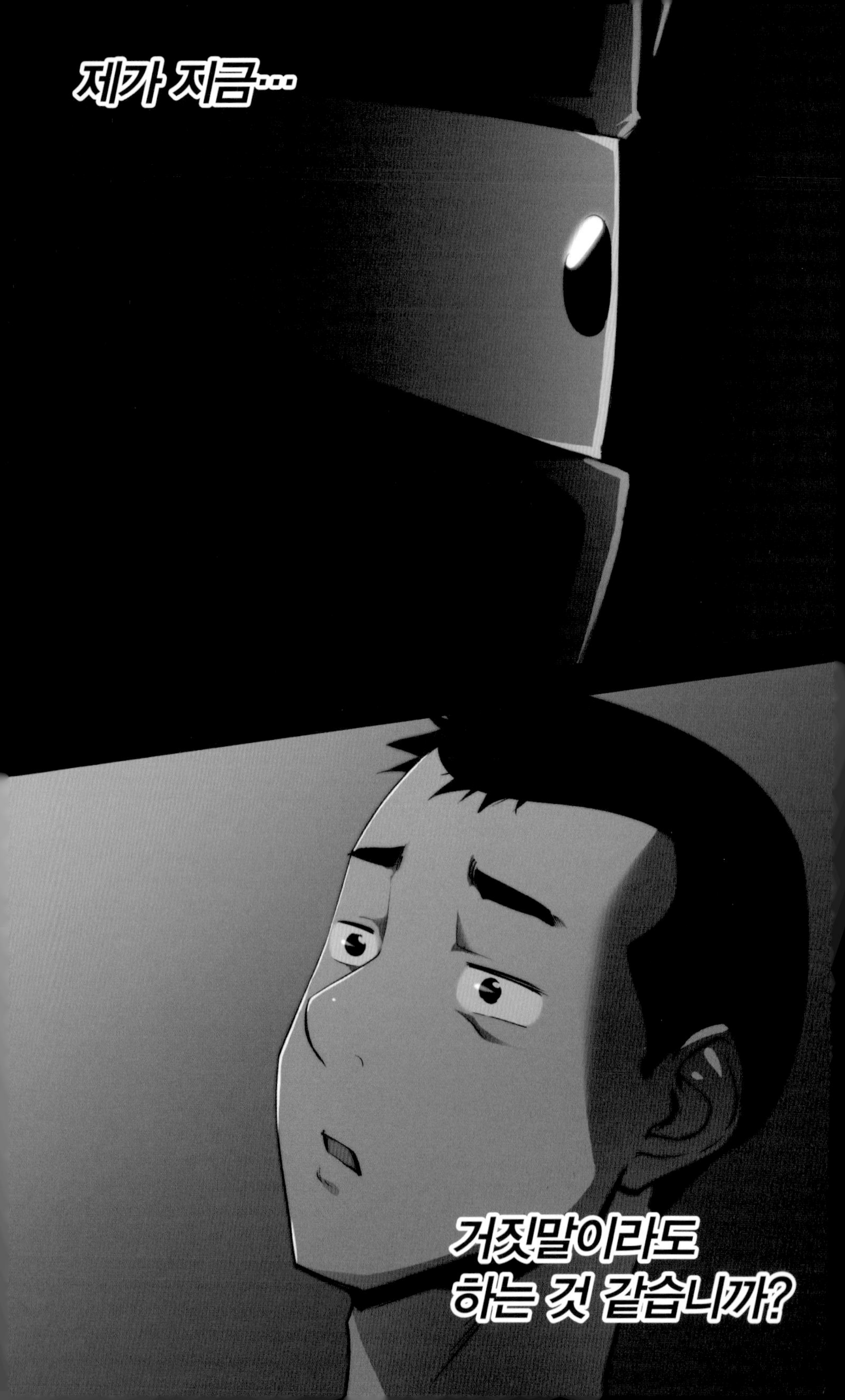
제가 지금…
거짓말이라도
하는 것 같습니까?

네네… 급한 일이 생겨서…
네… 일주일 정도만요…
죄송합니다, 사장님.

사실 급여가 높은 가장 큰 이유는…

연구소 외부에서
진행되는
특별 실험이라

여러 가지 제한 사항이 많이 따르기 때문입니다.

먼저 몇 가지
주의 사항들을
말씀드리자면

이번 아르바이트는
회사 특별 운영 원칙에 따라 진행되며

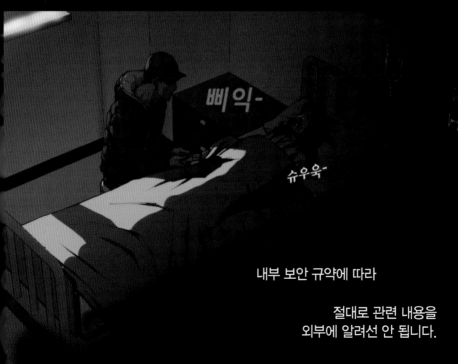

삐익-

슈우욱-

내부 보안 규약에 따라

절대로 관련 내용을
외부에 알려선 안 됩니다.

돈 문제는
잘 해결될 거 같아요.

이는 자율적으로 지키실 사항이며,
문제가 발생될 경우

급여 환수 조치 등의
불이익을 받으실 수 있으니
유념해주십시오.

일주일만 자리 비울게요.
걱정 마시고 치료
잘 받고 계세요.

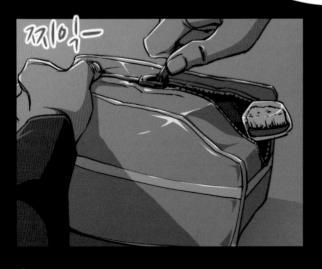

찌이익ㅡ

아르바이트는
회사가 지정한
장소에서

시작 당일 0시부터
7일 동안 시행됨을
원칙으로 하며

기상 및 취침,

주섬

주섬

식사 시간에 대한
통제가 있습니다.

주섬

주섬

회사는 이 기간 동안 숙식만을 제공하니
기타 생활용품은 직접 가져오셔야 합니다.

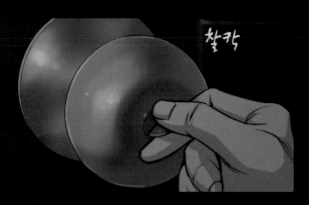

제품에 대한
정보 유출을
막기 위해

엇?!

실험 시작 시 핸드폰을 감독관에게 제출해야 하고

아, 맞다.
지갑.

외출과 인터넷 사용은 제한됩니다.

실험 집단의 동일한
조건을 유지하기 위해

텁

정해진 시간에 지정된 음식 외에는 섭취할 수 없습니다.

미리 알아두실 중요 사항들은
이쯤하면 된 듯싶고,

우물

우물

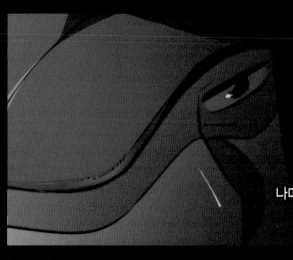

나머지는 아르바이트 시작 후에
알려드리면 될 것 같은데,

어떻습니까?

저벅

저벅

나쁜 조건은 아니라고 생각되는데요.

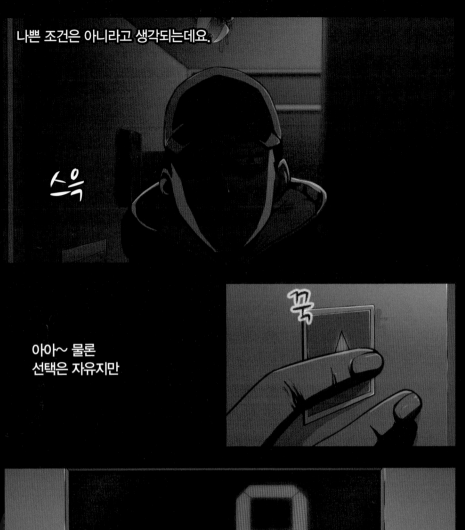

스윽

아아~ 물론
선택은 자유지만

저희도 급한 상황이라

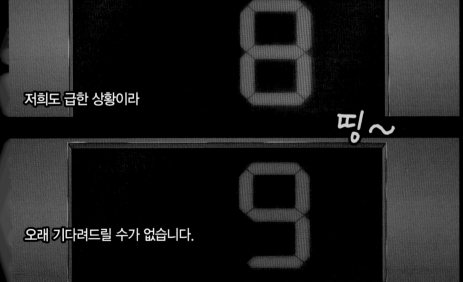

띵~

오래 기다려드릴 수가 없습니다.

심형석 군.

뚜벅

뚜벅

덜컹

지금 이 자리에서 답변해주시죠.

뚜벅

뚜벅

띵동—

이 아르바이트를…

잘 오셨습니다…

FILE.06

아, 진짜
뭐야아.

아무 말도 없이
출근도 안 하시고
전화도 안 받고…

무슨 일이라도
있으신 건가…?

아니면…?!
역시… 그 일 때문에
그러시는 건가?

내가 심했나?
심했지?

아으… 선배의
쿨함을 이용해 스리슬쩍
넘어가려 했건만…

왜 또 이렇게
되는 거야아…

어떡하지?
어떡하지?

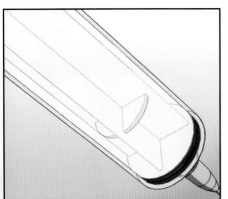

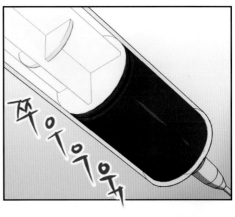

짝
우
우
우
욱

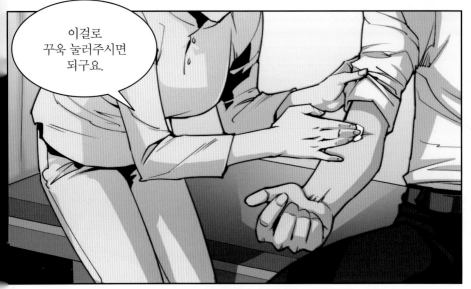

이걸로
꾸욱 눌러주시면
되구요.

번거롭게
다시 오시게 해서
죄송…

잠시
전화 좀…

브으을

아, 네…!

재미는
있겠네요.

그 남자…!!

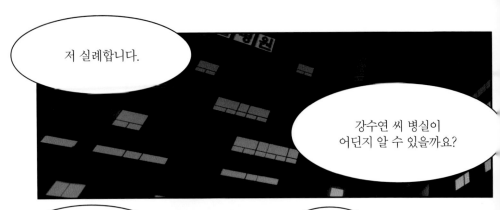

저 실례합니다.

강수연 씨 병실이
어딘지 알 수 있을까요?

곧 있으면 면회 시간이 끝나서
내일 다시 오시는 게…

잠깐이면
됩니다.

환자분과는 관계가
어떻게 되시죠?

타다다닥-

그러시면 잠시만
기다려주세요…

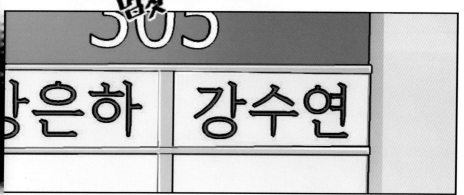

넌 이제!! 동생도!! 뭣도 아니야…!!

조금만 더~♪

잘 할걸~♪

조금만~더

참을 걸 그랬지~♪

강수호오?! 우씨!! 지금이 몇 신데 이제 전화해?!

내가~ 원한 건 이런 게 아녔는~데~♪

… 네?!

뭐예요, 지금!!
그깟 걸로 삐쳐서
이러시는 거예…!

구의동
연쇄살인 사건.

그거 우리가 맡는다.

FILE.07

사고 현장은 같은 동기였던
피해자 박모 군의 집.

피의자 심모 군은
이곳에서 박모 군을 살해하고,

또 다른 피해자 설모 씨를
유인해 살인을 저질렀습니다.

그러나 때마침 지방에서 올라온
박모 군 어머니의 신고로

심모 군은 현행범으로
체포되었습니다.

경찰은 사건 현장에서 범행에 사용된 것으로 추정되는 흉기를 찾아냈으며,

현재 피의자 심모 군의 범행 동기를 밝히는 데 수사력을 집중하고 있습니다.

KTV 김경준입니다.

하아아아…

189

게다가 다른 것도 아니고 연쇄살인범을 변호하는 것 아닙니까?

사무실 입장에서는 이미지만 깎이고 좋을 것 하나…

없겠지만…!!

움찔

맡을 겁니다.

스윽

이 사건.

의뢰인의 증언을 바탕으로 사건에 대해
간단히 정리하자면 이렇습니다.

의뢰인 심형석은 어머니의 수술비로 인해
많은 돈이 필요하게 됩니다.

형석이는 과거에 돈을
빌려 간 적 있던 친구
박성진에게 돈을
갚으라고 요구하지만

박성진

돈 급한 거면 아르바이트 소개해줄까?
대기업 주관 단기 아르바이트
하루 30만원씩 일주일간

박성진은 돈 대신 고액 아르바이트를
소개해주겠다며 자신의 집으로
형석이를 부릅니다.

형석이는 이곳에 일주일간
머물면서 아르바이트를 하지만

일주일이 채 되기도 전에
어떤 일이 발생했고

친구 박성진과 의문의 인물 설모 씨가
죽은 채로 현장에서 발견된 겁니다.

물론 검찰 측에서는 여러가지
불리한 증거들이 쌓여 있겠지만

뒤적

뒤적

그들이 주장하는
가장 핵심적인
포인트는 이겁니다.

밀폐 공간에서
산 사람 한 명,
시체 두 구가 나왔다.

여기서
범인은 누구인가?

흐으… 누가 봐도
살아 있는 사람이
죽인 걸로 보겠죠…?

이것만 증명할 수 있다면,

지금 이 모든 상황을 뒤집을 수 있습니다.

하지만 그게 말처럼 간단한 게 아니잖습니까?

물론 그렇죠.

… 짚이는 부분이라도 있으신 건가요?

… 네, 사실 의뢰인의 얘기를 끝까지 듣진 못했었습니다.

하지만 이야길 들으면서도

이상했던 점이 한두 가지가 아니었고, 계속해서 걸리는 부분이 있었습니다.

증언대로라면 형석이를 꼬드겨 집으로 부른 박성진은

처음부터 불순한 의도가 있었음에 틀림없는데…

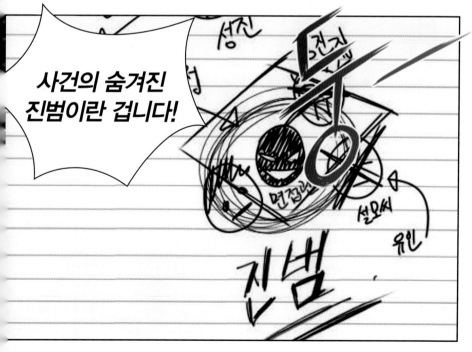

흐음…

확실히…

가능성은 있네요…

충분히 가능한
시나리오 입니다.

사실… 지금은 무엇 하나
뚜렷한 것도 없고…

반토막짜리 증언에
모르는 것들투성이지만

급할 것
없습니다.

하나씩 하나씩

풀어나갑시다.

이번이 총장님 취임 이후
첫 살인 사건이라
더 그런 거 알지?

그럼요, 평소보다 더 각별히
신경 쓰고 있습니다.

아침에 강 변호사 쪽에서
선임계 날라왔다면서?
문제없겠어?

부장님께서
이렇게 신경 써주시는데
문제는 무슨…

그보다…
대한민국 검사가
범인 잡는 데

변호사 때문에 문제 있으면
안 되지 않겠습니까?

강 변호사님 선임계는
오늘 아침에 제출했고,

뚜벅

뚜벅

공판 기일 연기는
언제쯤으로 신청할까요?

음…
2주 정도…?

뚜벅

뚜벅

2주 후로 하죠.
그 정도면 충분할 것
같습니다.

뚜벅

에… 또… 심형석이
접견 말인데요.

검찰 취조 때문에 내일 오후는
돼야 볼 수 있을 것 같습니다.

어쩔 수 없죠.
그때로 시간 좀
잡아주세요.

뚜벅

뚜벅

그리고 검찰에
증거기록 열람 신청해
주시고,

자료 받으시면
피해자 신원이랑
수사결과 정리 먼저 좀
부탁드릴게요.

알겠습니다,
변호사님.

맞다!
사무장님 뭐 보내신다는 거
아침에 택배기사 와서
제가 대신 부쳤어요~

무게 초과됐다고
7천 원이라 뭐라나,
암튼 알아두세요.

아이고 정신 좀 봐.
깜빡했었네요!!

제가 돈 드릴…!

됐어요.
우리 사이에 돈은 무슨~
수고하세요~!!

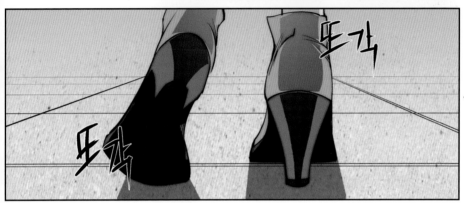

선배!
지금 MFooD 쪽에 가보려고 하는데요.

면접관이 형석이에게 줬다는
명함 말이에요.

형석이 말에 따르면 아르바이트는

출시 예정인 건강 조미료의
임상 테스트 알바였다고 했고,

이를 소개하면서 팸플릿
자료들을 보여줬다고 했어.

그래서 내가 좀 전에
MFooD 본사에 연락해서
진짜냐고 물어봤는데

이 건강 조미료
진짜가 맞긴 맞더라구.

아, 거짓말은
아니었네요.

문제는 건강 조미료가 진짜냐 가짜냐 하는 게 아니라 어떻게 이 정보를 가지고 있었느냐가 중요한 대목이야.

본사 말고는 매상 식원도 잘 모르는 제품인데

네···? 건강 조미료요?

그 면접관은 버젓이 진짜 신제품 카탈로그와 팸플릿을 보여줬다는 거지.

그렇다면 명함 속 인물은 범인이라기보다는

실제 제품 카탈로그나 팸플릿을 확보할 수 있는 담당자였을 가능성이 크다는 거지.

아아!! 알겠다!!

그러니까 명함의 주인은
실제 제품 담당자!

그리고 이 담당자를 통해
자료를 받은 사람 중

면접관이 있을 수 있다는
말씀이신 거죠?!

또각

또각

뚜벅

뚜벅

스르릉-

그렇지! 제한된 정보를
공유할 수 있는
회사 내부 사람

덜컹

혹은 관련 기업 종사자 같은
사람으로 범인을
특정할 수 있다는 거지.

거기에 범행에 이용될
형석이를 관리하려면

범인은 개인적인 시간을
더 필요로 했을 거야.

범행 기간이 평일이기 때문에
외근이 잦거나
휴가나 결근 등등

저기 말씀 좀
묻겠는데요~

평소와는 다른 징후를 보였던
사람들로 범위를 더 좁힐 수 있겠지.

사소한 거라도
상관없으니
신제품 관련해서
이것저것 다 캐내봐.

그동안 나는…

텅-

히이이이익

106

저벅

저벅

저벅

저벅

저벅

저벅

저벅 벅

저벅

FILE.08

출시 예정인 건강 조미료의
임상 테스트라고 했어요.

그런데 하는 일에 비해 급여가…
높아도 너무 높았고,

집주인도 없는
친구 집에서 한다는 게

자꾸 뭔가 이상한 느낌이
들게 만들어서…

처음엔 사기나
다단계 같은 건 줄
알았어요.

그런데 면접 본 날,
의외로 순순히 집에 보내줘서

인터넷으로 구석구석
검색해봤더니

급여도 훨씬 낮고,
장소나 요건도 다르지만

진짜 MFooD에서
같은 내용의 알바를
진행한 적이 있더라고요.

거기에 직접적으로
드러나지 않은 뉴스 보도나
회사 홍보 내용이 얘기 들은
것들과 딱딱 맞아떨어지니깐

이거 절대 놓치면 안 되겠구나 하는 생각이 들었어요.

그래서 짐 싸들고 성진이 집으로 간 거였는데…

그런 거였는데…!!

하… 주방 쪽은 경찰님들이 깔끔히 쓸어 가셨고… 거실 쪽…

그래도 대한민국 경찰이라면 하나쯤은 놓치고 간 게…

있을 텐데!!

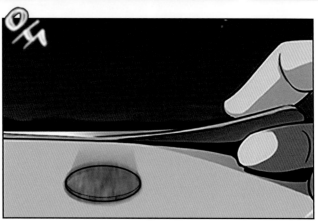

하… 기대한
내가 바…

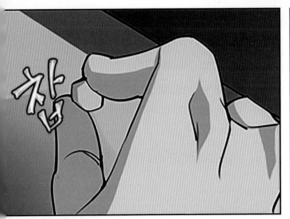

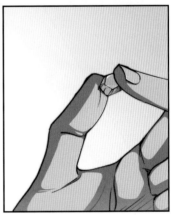

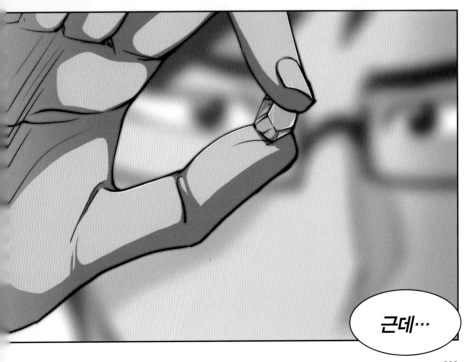

근데…

이건 뭐지?

잠깐만, 이따 다시
전화할게.

삑

228

저기요~

관리사무실

저 CCTV 영상 말인데요. 혹시 살인 사건 났을 때 찍힌 거 확인할 수 있을까요?

아, 씨씨티부이 그거요??

에이~ 거 이미 경찰에서 다 가져갔어요.

아… 전부요…?

선배…? 선배!! 지금 듣고 있는 거 맞아요?

뻥치지 마요!!
안 듣고 있었잖아요!!

아, 진짜!!
대박 정보를 알아냈다는데!!

자꾸 이런 식으로
나오실 거예요?!

일단 형석이에게
보여줬다는 그 명함은
위조된 게 아닌 진짜였고,

홍성민
팀장
Food R&D Department

MFooP

회사
810-1

MFood
서울시
TEL : 02-
MOBILE
E-mail seong

어휴, 진짜!!
다시 말할테니
한 번만 더 그래봐요.

선배 말대로 홍성민이란
사람은 건강 조미료 개발팀의
담당자였어요.

아뇨!! 아뇨!! 기다려봐요!!
여기서부터가 대박이에요!

그쪽 사람들
뭔가 말하길 꺼려하는 게 있어서
조금 캐냈더니

글쎄!!
홍성민 이 사람!!
지금 회사 기밀 유출 및
공금횡령으로 행방이
묘연한 상태!!

대박 아니에요?!

선배는 이 사람이
단순 제품 담당자라 하셨지만
완전 딱딱 들어맞잖아요?!!

무엇보다도
갑자기 연락 두절된 시점이
대략 살인 사건 일주일 전쯤!!

이 이상 조건에 맞는
사람이 어딨어요?!

제 생각엔 이 사람이 백퍼 면접관,
범인이라구요!!

아까 보니까
경찰 쪽에서도 수배 중인데

내일 그쪽 수사팀에
자료 요청해보면
뭔가 나오지 않을까요?

피해자 신원 조회 내역입니다.

펄럭

첫 번째 피해자인 박성진은 따로
범죄 기록 같은 건 없었습니다만…

스윽

그… 현장에서 발견됐던
번째 피해자, 설강민 말인데요.

이 녀석이 이제… 사기 혐의를
포함한 이런저런 건수들로

교도소를 제집 드나들 듯
들락날락했던
아주 질 나쁜 놈이더군요.

검찰 수사 자료는 아직인가요?

찌익

찌익

아마 접견 끝날 때쯤이면 승인 떨어질 것 같습니다.

하아… 어쩔 수 없이 그때 검토해 봐야겠네요.

찌이어거찍

근데… 도대체…

피해자 #2.

설강만
전과자

이 사람은 왜…

거기 갔던 거지…?

FILE.09

실례합니다.

제원기 팀장님을 찾고있는데요…

예? 접니다만?

아~ 안녕하세요~ 변호사 김혜연입니다.

MFooD 공급횡령 건 수사하시고 계시죠? 잠깐 시간 괜찮으신가요?

아아… 그거요? 일단 이쪽으로 앉으십쇼.

237

그걸로 몇 가지 여쭤보고 싶은 게 있어서요.

아… 저… 혹시… MFooD 쪽 변호사십까?

저희가 경황이 없어 미처 말씀 몬드렸는데,

그거… 어제부로 수사 종결됐습다.

어라?

그러면 홍성민 잡은 건가요?

왔구나.
앉아.

점심 잘 먹었어?

얘기 들었겠지만
이제부터 내가
네 변호를 맡을 거야.

그때 그랬었지?
네가 안 했다고, 네가…
안 죽였다고. 맞니?

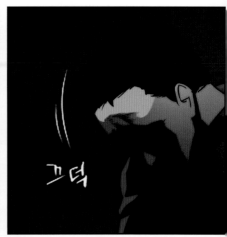

끄덕

좋아, 그걸 입증하려면
너의 증언이 정말 중요해.

아르바이트하러 갔다는
부분까지 말했었지?

거기서 무슨 일이 있었는지
하나도 빠짐없이 얘기해줘.

단, 중요한 건 절대로
나에게 거짓말해선 안 돼.

설사 불리한 사실일지라도
솔직하게 모두 말해줘야 해. 알겠

날 믿어주라.

…으로 아르바이트의
주된 내용은

정해진 타임마다
표시된 레시피대로 요리를 하고,
보고서를 작성하는 겁니다.

형석 군은 화장실이 딸려 있는
안방을 사용하게 되며,

요리 및 식사 시간 이외에는
바깥쪽에 자물쇠를 걸어
행동을 통제하게 됩니다.

자… 잠깐만요?!
자물쇠요?

진행상 꼭 필요한
사항들이라

사전에 동의를 구해야
하는데 난감하네요.

제약 조건들이 그렇게
신경 쓰이신다면

지금이라도
그만두시는 게
어떠신지요?

삐질

아… 아니오!!
그런 거 아닙니다.

다시 말씀드리지만
실험군의 기본 조건들이
일정해야 하기 때문에
필요한 통제입니다.

… 예!!
동의합니다!!

확실하게 답해주십시오.
저희 운영방침에
동의하시는 겁니까?

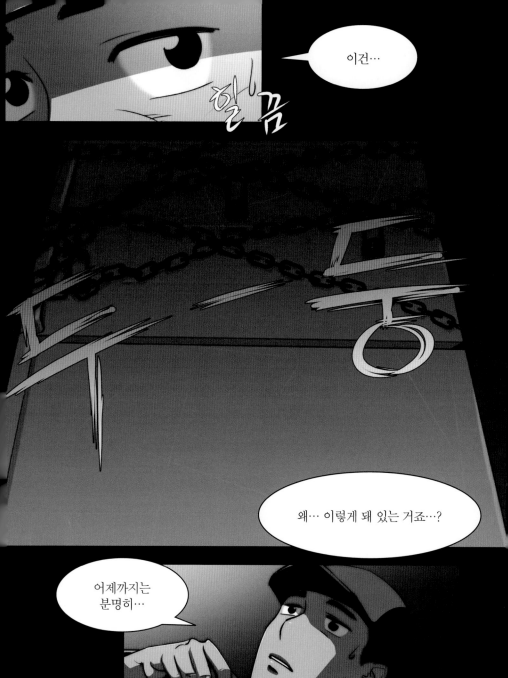

이건…

왜… 이렇게 돼 있는 거죠…?

어제까지는
분명히…

아!
깜빡했네요.

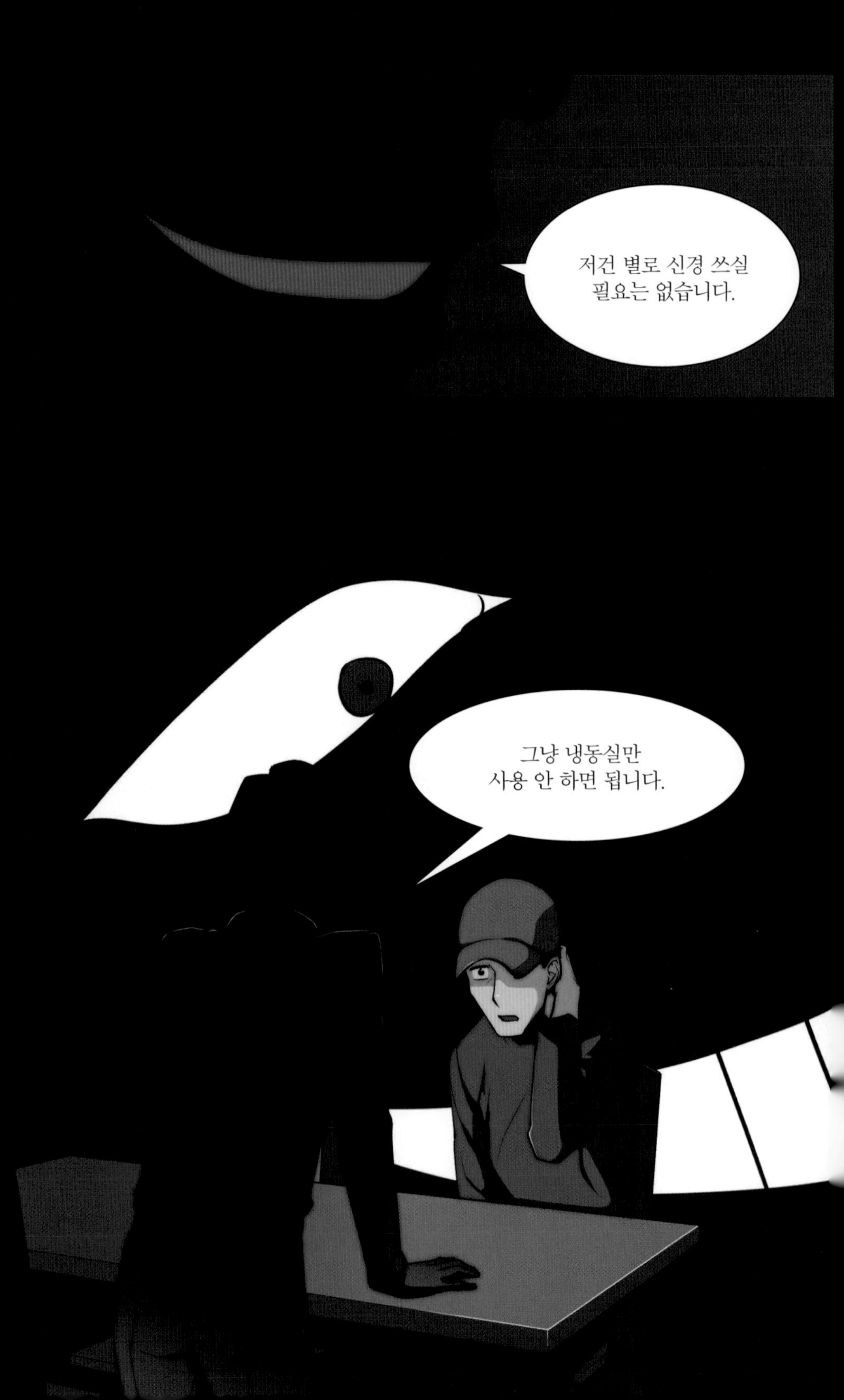

저건 별로 신경 쓰실 필요는 없습니다.
그냥 냉동실만 사용 안 하면 됩니다.

아침에 일어나서
간단히 씻고 준비하고 있으면

7시 30분.

문이 열려요.

밖으로 나오면

레시피대로 정확히
1인분의 요리를 시작했고

직접 만든 음식을
아침으로 먹고 나면

후릅

씨익

다시 점심때까지
안방에 감금되어

주어진 양식에 맞춰
보고서를 작성해요.

이게 끝나면

우물 우물

수고하셨습니다.

하루 치 일당을
그 자리에서 현금으로 줬어요.

그리고 밤 12시에
취침하면서

따딸칵

하루를 마무리하는 게
아르바이트의 전부.

특이한 점이라면
면접관은 감금 시간이 시작된 후에
따로 밥을 먹었고,

그 외 시간에는 계속
TV만 보는 것 같았어요.

달그락
락

띵
동~

가끔 초인종이 울릴 때면
그냥 빈집처럼 있었고,

벌
컥

냉장고에는 레시피대로
만들어 먹을 일주일 치 식자재들이
모두 준비된 상태였어요.

솔직히 처음에는
너무 의심스러운 부분들이 많아.

여차하면 그만두고
나가겠다는 생각뿐이었는데

오히려 사전에 양해를 구한 대로
딱딱 맞춰 반복됐고,

하는 일은 너무 쉬우며,

일당까지 꼬박꼬박 주니
그런 의심들이
눈 녹듯 사그라들었어요.

그렇게 4일이
지났을 때였어요.

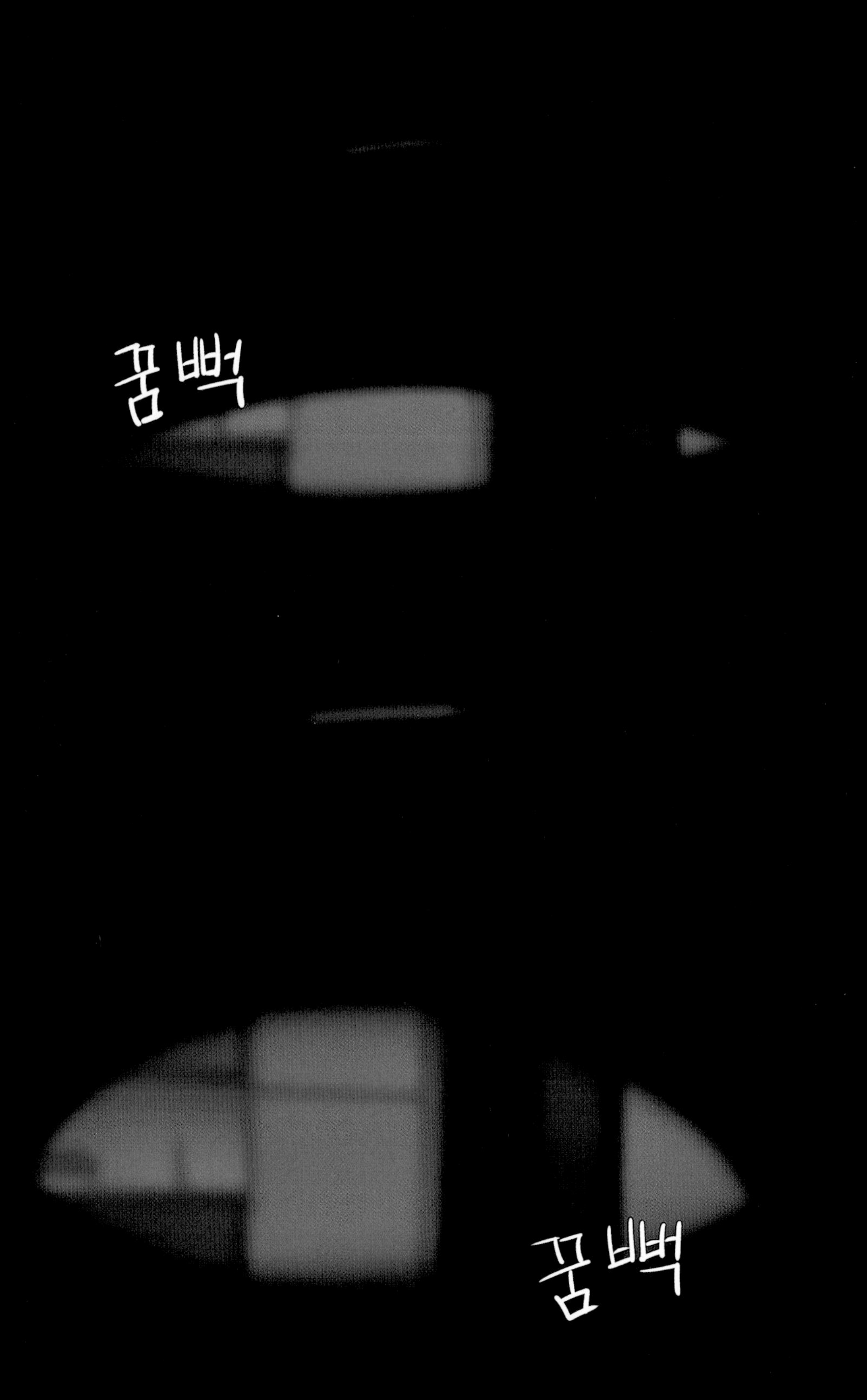
끔뻑
끔뻑

FILE.10

형석이 네가 처음 면접
보러 갔을 때 받았던 명함이

이거 맞니?

스으윽

네… 이거 였어요.
나머진 아니에요.

좋아, 그럼 이 사진도
한번 봐줄래?

어때?

아니요…
모르는 얼굴이에요.

절래
절래

전혀?
조금도?

팔락

… 이 사람이
그 명함 속의 진짜 주인공인
홍성민이야.

네가 본 적 없다면
홍성민이 면접관이 아닌 건
확실해졌네…

하아… 김혜연이
하도 호들갑 떨길래
혹시나 했는데

툭

그럼 그렇지…
이렇게 쉽게
풀릴 리가 없지.

하아아…

현 시점에서
승소 확률은…

10% 미만.

하지만 오해하지 마.
내 말은 현 시점에서의
승소율을 말하는 거야.

이 팸플릿 있지?
별거 아닌것 같아 보여도
애가 꽤 중요한 열쇠야.

어제 확인한 결과 이 팸플릿은 샘플로
딱 30개만 제작된 거야.
30

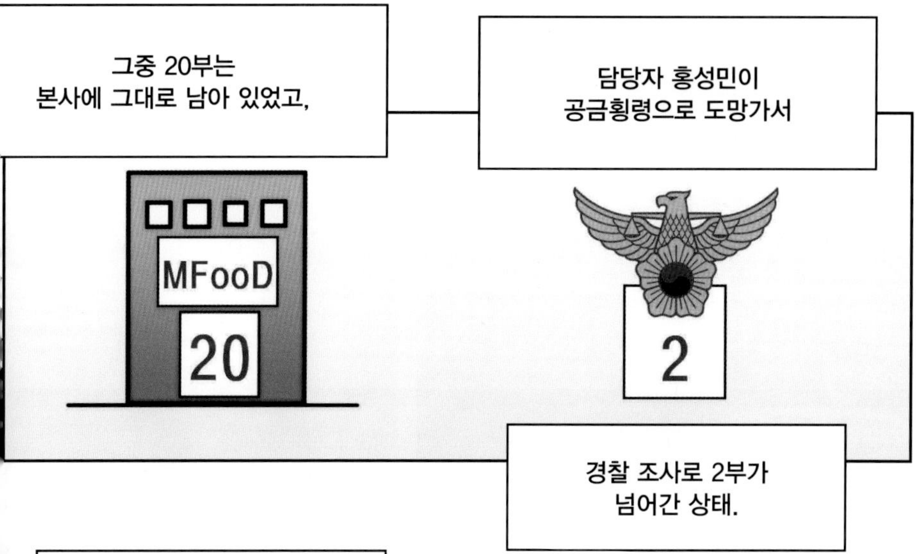
그중 20부는
본사에 그대로 남아 있었고,
MFooD
20
담당자 홍성민이
공금횡령으로 도망가서
2
경찰 조사로 2부가
넘어간 상태.

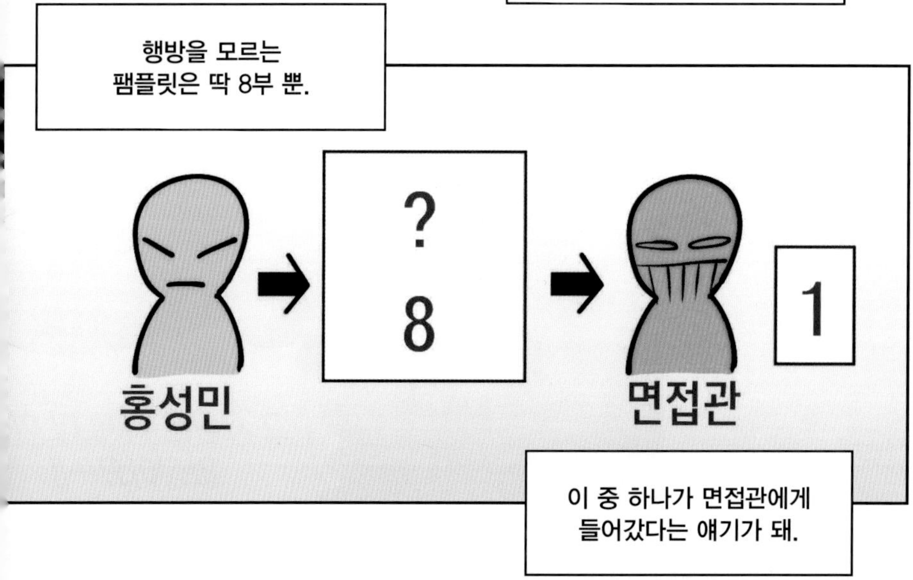
행방을 모르는
팸플릿은 딱 8부 뿐.
?
8
1
홍성민
면접관
이 중 하나가 면접관에게
들어갔다는 얘기가 돼.

그렇기 때문에 이를 역추적하면 진범인 면접관을 찾을 수 있다는 말이야.

너를 감금한 면접관 말야. 그 사람만 찾으면 모든 걸 한 방에 뒤집어놓을 수 있…

그게… 무슨 소리세요…?!

무슨 말씀이세요? 그 사람은…!!

그 사람은 이제 더 이. 없잖아요…!!

호음…

아!

선배~ 여기요~
여기~

뭐야, 사무장님은?

처리할 게 좀 남으셨다고 우리끼리 먹으래요.

사무장님 것까지 다 먹어치우려고 따돌리고 나온 거 아냐?

뭘 따돌려욧!!

것보다 선배! 형석이 만나러 간 건 잘 끝났어요?

아아~ 면접관이 누군지 알아냈어.

진짜?! 정말요?!

벌써 찾아낸 거예요? 완전~ 대박이다!! 도대체 누구예요~ 그 사람?

큭큭, 알려줄까?

사건 현장에서
죽어있었던 사람

자… 잠깐만요…!!

그럼 면접관이
진범이라는 얘긴…!!

처음부터 말도 안 되는
얘기였던 거지.

반토막짜리 이야기만 듣고
너무 섣불리 판단했어.

… 선배…

괜찮아.
그래도 홍성민 통해서 진범 찾을 수
있는 건 아직 유효해.

네… 네?!

팸플릿이 어떤 경로로
면접관에게 전달됐는지
알아내…

서… 선배…!!
잠깐만요!!

사실 이따가…밥 먹으면서
말씀드리려고 했었는데…

공금횡령 사건은
공소권 없음으로
불기소 처분됐대요…

뭐라구?!
그게 무슨 소리야…?!

바로 그저께 경찰이
홍성민의 덜미를 잡고,

체포하려는
추격 과정에서

부슬

부슬

홍성민이…
사망했대요…

히잉…

어떡하죠?
어떡하죠?
어떡하죠?
어떡하죠?
어떡하죠?
어떡하죠?

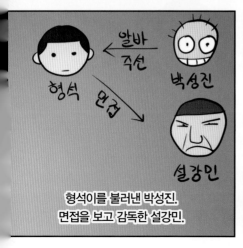

형석이를 불러낸 박성진.
면접을 보고 감독한 설강민.

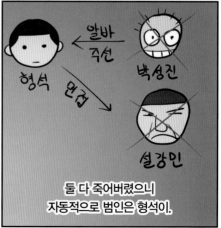

둘 다 죽어버렸으니
자동적으로 범인은 형석이.

팸플릿도 중간에 진범을 거쳐 설강민에게 도달되었다 한들

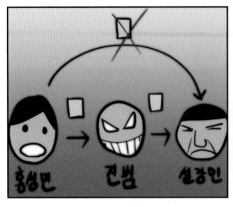 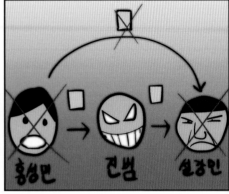

둘 다 죽어버렸으니 이걸로도 진범을 찾을 수 없는 노릇.

어쩌다 이렇게 꼬여버렸죠?
이건 진짜 답이 없는데요?
어떡하죠? 진짜?

어떡하긴 뭘 어떡해?
불기 전에 면부터 먹어야지.

주문하신 닭고기쌀국수
이쪽으로 준비해드릴게요.

선배는 걱정도
안 되세요?

야, 난 네 울상인 얼굴 마주하고
저녁 먹는 게 제일 걱정이다.

검은 봉투 준비해라,
혹시 모르니깐.

우씨!! 제 얼굴이
어디가 어때서요!!

사건 맡고
이제 겨우 이틀 지났어.
평소였으면 일 착수도
안 했을걸?

재판 연기해서 2주 정도 시간
남으니깐 아직 조사할 시간은
충~분해.

그래두 계속 부정적인 일만 터져서
뭔가 불안하단 말이에요.

됐어, 이제 겨우 대략적인
사건 윤곽이 드러나기 시작했는데 뭘.
너무 걱정하지… 마…

아, 잠깐만.

사무장님~
일 끝내셨어요?

여기 지난번에 먹었던
쌀국수집인데 하나
더 시켜놓을게요, 빨리 오세…

강 변호사님!!
크… 큰일났습니다!!!

그런데 그게… 아흐…
무… 문제가… 있습니다.

담당… 재판부가
재판 연기 신청을
기각했습니다.

재판은 내일입니다.

마… 말도 안 돼…

형소법 제 270조…!!

재판장은 직권 또는 검사, 피고인이나
변호인의 신청에 의해
공판기일을 변경할 수 있다!!

EЬ

아…!

그런데 어째서…!!

핑

접니다.

… 네. 지금 그쪽으로
내려가겠습니다.

빙글

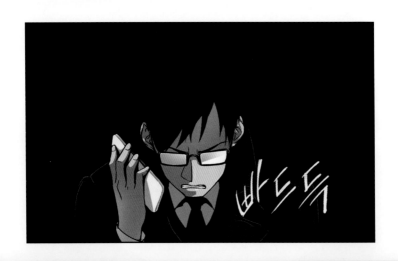

이야~ 정검.

이번에 좀
세게 나갔던데?

… 법대로
처리했습니다.

아직 발견되지 않은
중요한 증거들에 대해
증거인멸 가능성이 남아 있으니

촉촉

담당 검사는 증거 열람을
거부할 권리가 있죠.

흐핫! 어차피 결과 변동 없을 텐데,
쪼끔은 보여주지~

스윽

우물

우물

보는 내가 다
애간장 닳겠더라?

286

싹 틔우기 전에 밟아버리는 게 편합니다.

냐르르르르

딸각

캬~! 역시 정검!

사람이란 게 원래, 굳이 안 줘도 될 기회를 주면

주제 모르고, 머리끝까지 기어오르는 법이죠.

애들이 이런 걸 배워야 되는데 말야~

툭 툭

감사합니다, 부장님.

많이 먹어, 먹어.

회전초밥

부슬

부슬

이거 무한 리필이야.

… 그 정명이라는 사람, 대체 어떤 사람이에요…?

사법연수원 차석으로 검사에 지원했는데, 검찰 내에서는 천재라고 평가되는 인물이야.

어떤 이유에선지 범죄자를 병적으로 혐오해서, 수단 가리지 않고 유죄판결 따낸다는데…

형사사건 통상 검사 승소율이 90% 정도로 높다 쳐도 승소율 100%면 말 다했지.

세상에… 그게 가능해요?!

FILE.11

강 변호사님!

오랜만입니다?

정 검사님,
오랜만에 뵙네요.
잘 지내셨습니까?

커피, 한잔
하시겠습니까?

실례 좀
하겠습니다.

뚜벅

뚜벅

저야 늘 그렇죠.

들자 하니 속 썩이는 조카 때문에
안녕하지 못한 것 같으시던데,
괜찮으십니까?

295

안녕하지 못하죠.
그런데 조카 때문이 아니라,
칼잡이 때문에 그럽니다.
칼잡이.

세상이 각박해지다 보니
페어플레이 정신이
없는 것 같아요.

허, 그럴 리가요?
칼을 쓰는 사람들만큼 법도를
중시하는 사람도 없는데 말이죠.

법도를 중시하는 사람이 애먼 사람에게
칼부림을 할 리 없잖습니까?

그 사람이 뭔가 죄를 지었겠죠?
죄를 지었으면 벌을 받는 게
당연하구요.

단순히 칼을 뽑았으니
무라도 썰자는
느낌이던데요.

정말 무(無)라고 생각하십니까?

제가 그렇게 생각하는 게 아니라
사실이 그런 걸 어떡합니까?

달칵

지잉
지잉
쪼르르득

피식

도대체 그런 근거 없는 자신감은
어디서 나오는 거죠?
좀 배우고 싶네요.

어? 자신감에 근거가 필요한가요? 그거 잘못 알고 계신 겁니다.

자신감이 가진 것을 기반으로 삼아야 한다면 발전이 없잖습니까?

원래 가진 게 없어도 자신감은 미친 듯이 커야 합니다.

그래야 미친 자신감이 그에 걸맞은 근거를 만들어주거든요.

모두 자리에서
일어나주십시오.

두 두

형석아…
마지막으로 딱 한 번만
더 물어볼게.

정말 네가
안 죽인 것 맞지?

모두
착석해주십시오.

끄덕

네,
믿어주세요.

2권에서 계속

내가 안했어요 1

초판 1쇄 인쇄 2017년 5월 24일
초판 1쇄 발행 2017년 6월 7일

지은이 민형 · 김준석
펴낸이 김문식 최민석
디자인 손현주 한은영
편집디자인 투유엔터테인먼트(정연기)

펴낸곳 (주)해피북스투유
출판등록 2016년 12월 12일 제2016-000343호
주 소 서울시 마포구 성지1길 32-36 (합정동)
전 화 02)336-1203
팩 스 02)336-1209

ⓒ 민형 · 김준석, 2017

ISBN 979-11-88200-23-8 (04810)
      979-11-88200-22-1 (세트)